MONDRAGÓ

Rídel y los árboles parlantes

Ana Galán

Ilustrado por Pablo Pino

everest

SEXTA EDICIÓN

© 2012, EDITORIAL EVEREST, S. A.
Carretera León-La Coruña, km 5 - LEÓN (España)
© de los textos: Ana Galán
© de las ilustraciones: Pablo Pino

Dirección y coordinación editorial: Editorial Everest, S. A.
Diseño de cubierta: Editorial Everest, S. A.

ISBN: 978-84-441-4813-7
Depósito legal: LE. 652-2014

Printed in Spain - Impreso en España

EDITORIAL EVERGRÁFICAS, S. L.
Carretera León-La Coruña, km 5 - LEÓN (España)
Atención al cliente: 902 123 400

Conoce nuestros productos en esta página, danos tu opinión y descárgate gratis nuestro catálogo.

www.everest.es

A mi hija Patricia.
Ana Galán

Para Agos, que me enseña
a dibujar nuevas historias todos los días.
Pablo Pino

Lo que pasó hasta ahora...

El día que Cale cumplió once años, como era tradición en el pueblo de Samaradó, el dragonero Antón le entregó su propio dragón y le asignó una prueba para demostrar que era lo suficientemente responsable como para quedárselo. Cale tenía que llevar a su nuevo dragón a su castillo, sin ayuda de ningún adulto, y debía hacerlo antes de que la luna alcanzara su punto álgido. Esto no habría supuesto ningún problema si no fuera porque Mondragó no era como todo el resto de los dragones. No, Mondragó no era un dragón normal. Tenía las alas demasiado pequeñas y no podía volar, le gustaba tanto jugar que se distraía con cualquier cosa, se tropezaba sin parar y, de vez en cuando, zando grandes llamaradas. Afortunadamente los amigos de Cale, Arco, Mayo y Casi, descubrieron que las normas prohibían la ayuda de los adultos, pero no decían nada sobre los niños. Así que decidieron que podían echarle una mano y entre todos emprendieron la vuelta al castillo.

Al pasar por delante de la fortificación del diabólico alcalde Wickenburg, sus peligrosos dragones asesinos les atacaron, pero Mondragó pensaba que estaban jugando y empezó a corretear con ellos hasta que se escondió en el castillo. Cale y sus amigos iban a ir a buscarlo, pero de pronto apareció Murda, el hijo del alcade, y les amenazó con convertirlos en la cena de las fieras asesinas de su padre. Cuando Murda se interpuso en el camino de Mondragó para detenerlo, el dragón estornudó y lanzó una llamarada de fuego que hizo que Murda tuviera que lanzarse al foso del castillo para apagar las llamas de su ropa.

Habían conseguido salvarse, pero Murda les aseguró que se vengaría.

Una vez que se alejaron de la fortaleza del alcalde, Cale descubrió que Mondragó se había llevado en la boca algo del castillo. Era un libro misterioso, viejo y con las tapas de cuero, con un nombre en la portada: Rídel. Al principio les pareció que el libro estaba en blanco, pero por la noche, cuando Cale se acostó y volvió a abrirlo, aparecieron unas frases misteriosas que parecían revelar un mensaje en clave. Una y otra vez, las palabras cambiaron ante sus propios ojos y los mensajes se habían hecho cada vez más confusos, hasta que el libro decidió cerrarse herméticamente y no pudo volverlo a abrir.

¿Conseguirá Murda vengarse de ellos? ¿Qué misterios encierra el misterioso libro? Descubre eso y mucho más en esta nueva aventura de Mondragó.

CAPÍTULO 1

El entrenamiento de Mondragó

Cale se despertó al notar una brisa cálida que le acariciaba la cara. Levantó las manos para frotarse los ojos, pero al hacerlo, tocó algo. Cuando los abrió, a tan solo unos centímetros de su nariz, vio una cabeza enorme que lo miraba intensamente. Tenía el morro alargado, unos dientes muy grandes y una nariz con grandes ollares por los que despedía aire caliente.

—¡Mondragó! —exclamó Cale al verlo. Le acarició la enorme cabeza a su dragón, se estiró y decidió salir de la cama, pero al poner los pies en el suelo...

CHOP CHOP

Cale miró hacia abajo y vio que había pisado un enorme charco amarillo que cubría casi todo el suelo de la habitación. El olor era inconfundible.

—¡MONDRAGÓ! ¡TE HAS HECHO PIS!

El dragón miró a su dueño con cara de sorpresa. ¿Por qué no paraba de decir su nombre? ¿Querría jugar? Empezó a correr por toda la habitación dando golpes con su larga cola.

CLANG

CLANG

CLANG

¡Tiró la armadura del equipo de las cruzadas de Cale al suelo!

—¡Mondragó! ¡Para! ¡Lo vas a destrozar todo! No te muevas que voy a buscar algo para limpiar este desastre.

Cale bajó corriendo las escaleras del castillo.

—¡Mamá! ¡Mamá! ¡Mondragó se ha hecho pis!

Su madre apareció por el pasillo con dos cubos y una fregona en la mano.

—Ay, Cale, ya te dije anoche que tenías que sacarlo al jardín antes de dormir. ¿Es que no te acuerdas? —le preguntó.

Pero Cale no se acordaba. El día anterior habían vivido demasiadas emociones y cuando se acostó, estaba tan cansado que se olvidó por completo de sacar a Mondragó a hacer sus necesidades.

—Toma, usa esto —le dijo la madre de Cale pasándole el cubo y la fregona— y aquí tienes su comida. —Le pasó el otro cubo que era mucho más grande que el primero.

Cale se dirigió de vuelta a su habitación y, en cuanto entró, Mondragó se lanzó en picado al cubo de la comida haciendo que salieran las bolitas de pienso para dragones por todas partes.

—¡No, Mondragó! No seas tan bruto. Mira la que has organizado —dijo Cale enfadado. Controlar a Mondragó no iba a ser nada fácil.

En ese momento, la hermana de Cale, Nerea, asomó la cabeza por la puerta. Llevaba un ramo de flores que acababa de coger del jardín.

—Hombre, mira quién está aquí, es Cale el hacendoso, limpiando su castillito. Oye, cuando termines, podías pasarte por mi habitación y quitar el polvo —bromeó.

Nerea iba impecable, como siempre, con un vestido de colores que hacía juego con las escamas de su dragona Pinka. Pinka olfateó a Mondragó y alejó la cara con expresión de asco.

—Oye, Cale, Pinka tiene razón, aquí huele que apesta —siguió Nerea—. Toma,

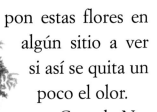

pon estas flores en algún sitio a ver si así se quita un poco el olor.

Cuando Nerea le ofreció el ramo de flores a su hermano, Mondragó se acercó con curiosidad a olerlas. Aspiró profundamente, después echó la cabeza hacia atrás, apretó la boca con fuerza y…

¡ACHÚSSS…!

Una llamarada le salió de la nariz y las flores quedaron totalmente chamuscadas.

—¡Oye, tú! ¡Cuidado! —exclamó Nerea—. Cale, como no controles a tu dragón va a acabar con el castillo —dijo y se alejó con su dragona antes de que Mondragó hiciera cualquier otro destrozo.

«Tiene razón», pensó Cale. «Esto de tener un dragón es más difícil de lo que me imaginaba. Voy a tener que pedirle a Mayo que me ayude a entrenarlo».

Mayo, la amiga de Cale, era buenísima con los dragones y su dragona Bruma era de las más obedientes en todo el pueblo. Seguro que le ayudaría.

Cale se acercó a la jaula de hierro donde guardaba su paloma mensajera y la sacó. La paloma parecía aliviada de poder salir a estirar las alas y alejarse de aquel monstruo enorme de dragón que no paraba de moverse. Cale mojó su pluma en el tintero y escribió un mensaje a su amiga en un trozo de pergamino:

Ayúdame a entrenar a Mondragó.

Lo enrolló y lo metió en la pequeña funda de cuero que llevaba la paloma en la pata. Después se acercó a la ventana, estiró los brazos y le ordenó:

—Al castillo de Mayo.

La paloma hinchó el pecho, estiró las alas y salió volando por el cielo en dirección al castillo de Mayo. Cale la vio alejarse y cuando la perdió de vista, se giró para volver a su trabajo. Mondragó seguía buscando los trozos de comida desperdigados por todo el suelo.

—Bueno, pronto vendrá Mayo y me ayudará a hacer algo contigo. Seguro que sabe algún truco infalible de entrenamiento —dijo—. Mientras tanto, Mondragó, por favor, no te muevas más. Quédate ahí quieto un rato, solo un minuto, y, en cuanto termine, salimos a pasear, ¿vale? —le rogó Cale señalando a la esquina de su habitación donde había puesto un inmenso almohadón para que Mondragó durmiera. Mondragó miró al almohadón, lo ignoró y siguió buscando comida.

«Será mejor que acabe cuanto antes», pensó Cale esmerándose en limpiar el suelo a toda velocidad.

De pronto, al pasar la fregona por debajo de la cama, vio que encima de las sábanas descansaba el libro misterioso que había sacado Mondragó del castillo de Wickenburg. Rídel. Cale todavía recordaba algunas de las palabras que había leído:

En el bosqsue, te esperan.
En el bosque, los que quedan.

CAPÍTULO 2

Rídel

¿A quién se referiría? ¿De qué bosque hablaba?

Cale se preguntaba si ahora podría leerlo y si el texto habría cambiado de nuevo.

Dejó la fregona en el suelo y se acercó con curiosidad al libro. Las letras de su portada brillaban como si lo estuviera llamando. Lo cogió y, al igual que la noche anterior, le pareció que estaba muy caliente. Mondragó se puso detrás de él y miró por encima de su hombro.

—Vamos a ver qué tesoro encontraste ayer —le dijo a su dragón.

Cale se sentó en la cama y abrió el libro con mucho cuidado. Esta vez no ofreció resistencia. Observó sus hojas frágiles y amarillentas. Debía de ser muy antiguo.

De pronto, sucedió algo muy extraño. Las hojas adquirieron una tonalidad verde brillante y en medio de la página aparecieron unos bultos que empezaron a moverse. ¡Era como si estuviera cobrando vida! Cale se quedó paralizado del miedo. No entendía qué estaba pasando. Sin salir de su asombro, oyó una voz que parecía salir del libro.

Cuando estás solo, te veo,
y que me ayudes yo quiero.

—¡AAAAAAAAAAAAHHHHHHH!
—gritó Cale soltando el libro y echándose hacia atrás hasta chocarse con la pared. Mondragó se asustó al oír el grito de su dueño e intentó meterse debajo de la cama, pero evidentemente su inmenso cuerpo no cabía. No pareció importarle demasiado. Él empujó y empujó hasta conseguir levantar la fuerte estructura de madera, ponerse debajo y lanzar al sorprendido Cale al suelo.

La voz volvió a sonar.

Ji ji ji —*se oyó la voz*—.
**Son miedosos los humanos
con algo que no tiene manos...**

Cale miró al libro con los ojos muy abiertos. ¿Realmente le estaba hablando? ¿Pero qué tipo de libro era ese? ¿Habría algún ser diminuto escondido dentro? Con el susto, Cale lo había tirado al suelo y el libro había caído boca abajo, con las páginas abiertas. No se veía ningún movimiento pero las letras de la portada seguían brillando con una intensa luz verde.

—¿Quién eres? —preguntó Cale por fin armándose de valor—. ¡Sal de entre las páginas y da la cara!

Pero el libro no se movió ni nadie salió. Al cabo de unos segundos la voz dijo:

Ridel es mi nombre.
No soy animal ni hombre.
Si quieres saber más,
dame la vuelta y verás.

¡Imposible! ¡No podía ser! ¡Los libros no hablan! Cale estaba muy confundido y la verdad, bastante asustado. Pero por otro lado… él era mucho más grande y tenía a Mondragó a su lado para defenderlo. Miró a Mondragó que seguía escondido debajo de la cama. Bueno, a lo mejor Mondragó no le defendería mucho, pero desde luego, se lo podría comer de un bocado.

Se levantó muy lentamente y se acercó de puntillas. En el suelo, cerca del libro, vio la espada de su armadura que Mondragó había tirado en una de sus carreras y la cogió. Nunca estaba de más estar protegido. Al avanzar notaba que le temblaban un poquito las piernas.

«No pasa nada. Tú eres mucho más grande y estás armado», intentó convencerse a sí mismo.

Se arrodilló en el suelo a una distancia prudencial del libro y estiró la mano derecha para darle la vuelta mientras que con la izquierda seguía empuñando con fuerza su arma.

La página seguía moviéndose de una manera muy extraña, pero no parecía que hubiera nadie escondido. ¡Era el libro el que le hablaba!

—¿Qu-quién e-eres? —tartamudeó Cale.

La luz verde se hizo más débil y la voz carraspeó como si se estuviera aclarando la garganta.

Siéntate, mi amigo.
Deja que te cuente.
Te necesitamos
muy urgentemente.

Cale no podía dar crédito a sus ojos ni a sus oídos. Se pellizcó el brazo para asegurarse de que no estaba soñando. «¡Ay!». No, no estaba soñando. Rídel (se llamaba Rídel, ¿verdad?) realmente le estaba hablando y no solo le hablaba, sino que insistía en hacerlo de esa forma tan rara, medio en verso, medio en clave.

«A lo mejor debería esperar a que vinieran mis amigos», pensó Cale. «Mayo no debería tardar mucho en llegar y Casi seguro que también viene y sabe qué hacer».

Casi era el intelectual y el inventor del grupo. Se pasaba el día leyendo libros y sabía «casi» de todo. Pero Cale no podía esperar. La curiosidad era demasiado grande. Tenía que averiguar qué estaba pasando ya mismo. Además parecía que el asunto era urgente. Decidió sentarse a oír la historia que Rídel le quería contar.

—¿Me necesitáis? ¿A mí? ¿Quién? —preguntó.

Rídel habló muy lentamente. Ahora su tono era de tristeza. En voz baja, empezó a contar su historia…

En el Bosque de la Niebla
vivíamos muy tranquilos.
Robles, arces, alcornoques
alerces, castaños y pinos.

Hasta que llegó el verdugo
y su hacha empezó a talar.
Poco a poco hemos caído.
¡Tú nos tienes que ayudar!

—¡Un momento! ¿El verdugo? ¿Quién es el verdugo? —preguntó Cale intentando entender qué estaba sucediendo.

Rídel añadió con un susurro:

Eso es un secreto
que tú has de averiguar.
Ponte ya en camino
o todo acabará.

CAPÍTULO 3

El mensaje de Rídel

TOC TOC TOC

Alguien llamó a la puerta del castillo. Cale oyó los pasos de su madre que acudían a abrirla.

—Hola, Mayo; hola, Casi —escuchó a su madre decir—. Sí, sí, pasad, Cale está en su habitación con Mondragó.

Cale se levantó y se asomó por la puerta de su habitación. Sus amigos ya estaban subiendo las escaleras.

—¡Rápido! ¡Venid! —apremió—. Tengo que enseñaros algo.

Casi y Mayo habían dejado sus dragones en las dragoneras del castillo. Empezaron a subir los escalones de dos en dos para ver cuál era el asunto tan urgente. Cuando llegaron, Cale les invitó a pasar a su cuarto y cerró la puerta. Mondragó empezó a correr alrededor de ellos para saludarlos.

—¡Siéntate! —ordenó Mayo levantando un dedo. Mondragó la miró sorprendido, pero obedeció—. Mucho mejor —dijo Mayo y le acarició su inmensa cabeza.

—¿Cómo has hecho eso? —preguntó Cale sorprendido.

—Ya ves, una que es muy lista —contestó Mayo guiñándole el ojo—. Bueno, ¿qué nos querías enseñar?

—¿Os acordáis del libro que sacó Mondragó del castillo del alcalde? —preguntó Cale—. Se llama Rídel ¡y habla! ¡Mirad!

Cale cogió el libro del suelo y se lo mostró a sus amigos. Intentó abrirlo, pero ahora no brillaba y una vez más se había cerrado herméticamente y no había manera de pasar las páginas.

—Sí, ya veo —se burló Casi—. Habla sin parar...

—De verdad, Casi —insistió Cale—. Te aseguro que habla —dijo. Después levantó el libro hasta su cara y le rogó—: Rídel, por favor, te lo ruego. Diles lo que me has dicho a mí. Son mis amigos. Puedes fiarte de ellos. No te harán nada. Te lo prometo.

De pronto, las letras del título recuperaron su brillo. Rídel dejó que sus tapas de cuero se abrieran y pronunció unas palabras:

¡Id al Bosque de la Niebla!
Detened a ese malvado.
Ayudad a mis amigos
o todo habrá terminado.

Mayo y Casi se quedaron boquiabiertos. Un libro que hablaba, un mensaje urgente, el Bosque de la Niebla, un malvado que parecía estar poniendo fin a los amigos de Rídel. ¡Eran tantas cosas para asimilar!

—¿Veis? —dijo Cale aliviado de haber demostrado que lo que decía era cierto—. Rídel me ha contado que hay un verdugo que va al bosque con un hacha a cortar los árboles. No sé quién es, pero creo que deberíamos ir a averiguarlo.

—¿Es que te has vuelto loco? —dijo Mayo—. ¡El Bosque de la Niebla! ¡Jamás saldremos de allí con vida! Y además, ¿cómo te puedes fiar de un libro que habla? Creo que lo mejor será decírselo a nuestros padres y que ellos hagan lo que crean conveniente.

Cale miró a Mayo decepcionado. ¿Es que su amiga no tenía espíritu de aventura? ¿Es que siempre tenían que recurrir a los mayores para todo? Rídel les había pedido ayuda a ellos, no a sus padres. Seguro que tenía una razón para hacer eso. Seguro que fuera lo que fuera, ellos podrían solucionarlo. Era cierto que el Bosque de la Niebla era un sitio muy siniestro y que las viejas leyendas decían que la tierra engullía a todo a aquel que intentara meterse. También decían que había plantas carnívoras con pinchos y laberintos de maleza de los que nadie podía salir. Pero por primera vez en su vida alguien parecía necesitar a Cale y no pensaba defraudarlo, por muy peligroso que resultara.

En ese momento oyeron un grito y un golpe en la ventana.

—¡AAAAAAAAAAHHHHHHHHH!

¡PATAPÁN! CLAN CLAN CLAN

Arco, el cuarto de la pandilla, apareció con su dragón haciendo un aterrizaje forzoso en la habitación de Cale. Su dragón, Flecha, yacía en el suelo con las patas separadas, mientras que Arco salía rodando por el suelo, dándose golpes en el casco que una vez más le salvó de romperse la cabeza.

—¡Arco! —exclamó Cale—. ¿Es que no puedes entrar por la puerta como todo el mundo?

Arco se puso en pie, se arregló la ropa, se colocó bien el casco y sonrió orgulloso.

—¿Qué pasaaaaa? —dijo—. ¿Cuál es el plan para hoy?

Mondragó de pronto vio al dragón de Arco y empezó a dar vueltas a su alrededor. Flecha se reincorporó y salió corriendo detrás de Mondragó. Pasaron por encima de la cama de Cale, tiraron al suelo la jaula de la paloma mensajera y se dieron golpes contra todas las paredes.

—¡Quietos! ¡Quietos! ¡Aquí no se puede jugar! —gritó Cale intentando agarrar a su dragón con muy poco éxito.

De repente, la puerta de la habitación se abrió de par en par y apareció la madre de Cale que los miraba con cara de mal humor y las manos en la cintura.

—¡Cale Carmona! —dijo—. ¿Se puede saber qué está pasando aquí? ¡Mira tu habitación! ¡Está todo patas arriba! Te he dicho miles de veces que en el castillo no se puede jugar con dragones. Salid inmediatamente de aquí. Si queréis correr, podéis iros al campo.

—Perdona, mamá —se disculpó Cale—. Ya nos vamos.

La madre de Cale se dio media vuelta y se alejó escaleras abajo dando pisotones.

—Vaya la que has liado, Arco —dijo Cale. Le puso la correa a Mondragó, cogió su bolsa y metió el libro y el tirachinas que le había regalado Arco por su cumpleaños. Al levantar la jaula se dio cuenta de que su paloma todavía no había vuelto. Esa paloma siempre se distraía mucho y tardaba en regresar. En fin, no creía que la fuera a necesitar. Miró a sus amigos y dijo—: Venga, vamos afuera y decidimos qué vamos a hacer.

Cale, Casi y Mayo bajaron las escaleras del castillo acompañados por Mondragó, mientras que Arco volvió a salir por la ventana con su dragón.

Una vez afuera, Casi y Mayo recogieron a sus respectivos dragones de las dragoneras y los cuatro chicos se fueron hasta una pradera que había en la parte de atrás del castillo de Cale. Por el camino le contaron a Arco lo que había pasado con Rídel y el misterioso mensaje. Arco era el más irresponsable de todos y se apuntaba a cualquier cosa que sonara a aventura.

—¿Al Bosque de la Niebla? —dijo Arco con un brillo en los ojos—. ¡Vamos!

—No sé —dijo Mayo—. Sigo pensando que no es una buena idea.

—Pero Mayo —insistió Cale—, alguien necesita nuestra ayuda. Nos la han pedido a nosotros, a nadie más. Yo no puedo quedarme aquí sin hacer nada.

—Propongo que lo votemos —dijo Casi—. Que levante la mano el que quiera ir.

Arco levantó las dos manos todo lo alto que pudo. Cale, también. Casi pensó durante un momento y al final, alzó su mano tímidamente. Los tres miraron a Mayo.

—Creo que estáis mal de la cabeza —dijo diciendo que no con la cabeza—. Pero aunque estéis completamente locos, sois mis amigos y no pienso dejaros solos —añadió levantando la mano.

—¡Genial! —exclamó Cale—. ¡Que empiece la aventura!

CAPÍTULO 4

Todo es posible

Mayo, Casi y Arco se disponían a subir a sus respectivos dragones para ponerse en camino hacia el Bosque de la Niebla cuando se dieron cuenta de un pequeño problema. Mondragó no podía volar. ¿Cómo los iba a seguir?

—No sé si voy a poder ir con vosotros —dijo Cale apesadumbrado.

Casi se acercó a su amigo y le puso la mano en el hombro.

—A lo mejor podemos hacer algo —dijo—. Precisamente esta mañana estaba pensando en cómo ibas a desplazarte de un lugar a otro con tu dragón y se me ocurrió un nuevo invento. Creo que no tardaría mucho en montarlo y casi seguro que funciona. Si queréis podemos ir a mi castillo y lo intentamos.

—Casi... —dijo Cale—. Bueno, cualquier cosa será mejor que ir andando.

Sin perder más tiempo, los cuatro amigos bajaron por el camino de la colina, cruzaron un puente, subieron otra colina y llegaron al castillo de Casi.

—Esperadme aquí —dijo Casi—. Voy a intentar armarlo en mi sala de inventos y lo saco en cuanto termine.

Casi se metió en un cobertizo que había cerca del castillo. Era el lugar donde preparaba sus grandes inventos. Estaba lleno de maderas, barrenas, escofinas, gubias, clavos, cadenas, cuerdas y pergaminos donde trazaba los planes de construcción de los aparatos más estrambóticos.

Mientras Mondragó y Flecha jugaban a perseguirse entre los árboles, Mayo, Cale y Arco esperaban impacientemente a que Casi les enseñara su última creación.

Del cobertizo empezó a salir una gran humareda de serrín. Se oía el sonido de una sierra cortando madera, martillazos, cosas desplazándose y los silbidos de Casi mientras trabajaba laboriosamente en su obra. Por fin, abrió las puertas de par y par y apareció con una gran sonrisa en la boca.

—¡TACHÁN! —dijo—. ¡Os presento el mondramóvil!

Salió arrastrando con unas correas de cuero una curiosa estructura de madera. Era un barril cortado por la mitad que descansaba sobre dos ruedas y del que salían unas riendas y un arnés gigante que se engancharía al cuerpo del dragón.

—¡Alucinante! —exclamó Cale—. ¿Crees que funcionará?

—Solo hay una manera de saberlo —contestó Casi. Acercó el mondramóvil a Mondragó que miraba con cierto temor y curiosidad a aquel extraño aparato. Mayo se acercó a la cabeza del dragón y empezó a acariciarlo y a hablarle suavemente al oído para que no se asustara, mientras que Cale ayudaba a Casi a enganchar las cinchas al lomo del inmenso animal. Una vez que consiguieron atarlo y comprobaron que no se iba a soltar, era hora de probarlo.

—Súbete aquí, pon estas cuerdas por detrás de tu espalda y átalas a estas argollas para que no te caigas —indicó Casi—. Cuando quieras que avance, mueve las riendas. Si quieres que vaya a la derecha, tira un poco de la rienda hacia la derecha y si quieres que vaya a la izquierda, tira a la izquierda.

Cale se subió a la pequeña cabina de madera. Mondragó miraba hacia atrás a su dueño sin saber muy bien qué era todo aquello.

—¡Vamos! —gritó Cale agitando las riendas.

Pero Mondragó no se inmutó. Cale lo intentó un par de veces más... y nada. Su dragón no movía ni un pie.

—¡Tengo una idea! —dijo Arco. Llamó a Flecha y se subió encima. Con un ligero toque de talones hizo que Flecha alzara el vuelo. Mondragó miró a su amigo y empezó a moverse nervioso. De pronto, Arco dibujó un círculo en el aire y se acercó volando hasta poner a su dragón justo delante de la nariz de Mondragó—. ¡Venga, Mondragó, síguenos! —exclamó, haciendo que Flecha saliera volando a ras del suelo.

Mondragó, al ver que Flecha se alejaba, salió corriendo detrás, arrastrando con él el mondramóvil. Cale se tambaleó y estuvo a punto de caerse, pero por suerte consiguió agarrarse a las cinchas justo a tiempo.

—HUUUUUUUUUUUEEEEEEEEEE EEEEEEEEEEEEEEYYYYY —exclamó mientras se sujetaba como podía cada vez que el pequeño barril de madera daba un bote al pasar por encima de las irregularidades del camino—. ¡Funciona!

Y así salieron los cuatro amigos, con Casi, Arco y Mayo volando en sus dragones y Cale agarrado al mondramóvil que rodaba a toda velocidad por los caminos de Samaradó.

CAPÍTULO 5

El Bosque de la Niebla

En poco tiempo alcanzaron el Bosque de la Niebla. Era un lugar siniestro, cubierto por una neblina espesa que apenas dejaba ver nada. Para entrar, había que atravesar unas enredaderas peligrosas, con flores venenosas y plantas con pinchos que podrían desgarrar la piel de cualquiera que las rozara.

Los tres dragones tomaron tierra y se colocaron detrás de Cale y Mondragó que miraban la amenazadora vegetación que tenían delante.

—¿Estáis seguros de que queréis meteros ahí? —preguntó Casi. Le temblaban las piernas y la voz.

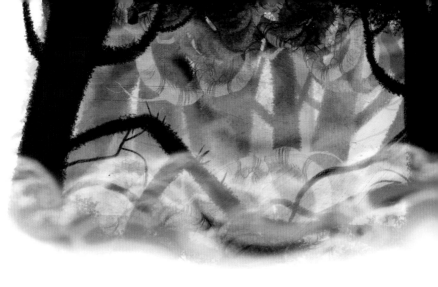

—¡Claro que sí! —contestó Arco—. ¡Venga, vamos!

—¿No deberíamos enviar una paloma mensajera a nuestros padres para decirles dónde estamos por si no volvemos? —sugirió Mayo.

—Ni hablar. No necesitamos ayuda de nadie, bueno, solo de Rídel —contestó Cale recordando que no había podido coger su paloma mensajera porque todavía no había vuelto al castillo. Esperaba que por lo menos ya hubiera regresado y le estuviera esperando en su habitación. Sacó el libro del saco y lo abrió—. Rídel, ¿ahora qué? —preguntó.

El libro había adquirido un brillo ana-ranjado intenso y a Cale le pareció sentir un débil latido al sujetarlo. Rídel por fin habló.

El roble Robledo es muy sabio.
No temáis. No os hará daño.

Nada más terminar de pronunciar sus palabras, en sus viejas páginas apareció la imagen de un roble muy antiguo. Los cuatro amigos se quedaron boquiabiertos.

—¡Mira! ¡Qué pasada! —exclamó Arco.

—Vamos a buscar a ese roble —animó Cale y volvió a guardar el libro en su saco.

En ese momento, algo pareció moverse por debajo de las enredaderas. ¡Era una serpiente! Mondragó al ver que la serpiente se arrastraba entre las plantas, salió corriendo a perseguirla.

—¡NOOO! —gritó Cale—. ¡PARA! ¡No te metas por ahí!

Pero Mondragó no escuchó a su dueño. Se lanzó a toda velocidad, arrastrando con

él a Cale hacia la pared de enredaderas que tenían delante. El chico tiraba de las riendas, pero no conseguía detener a su dragón.

Mondragó se abrió paso entre la maleza y al llegar al otro lado empezó a olisquear el suelo para buscar a la serpiente, pero había desaparecido.

Por suerte, no siguió corriendo. El agujero que había abierto en la vegetación dejó al descubierto un camino de tierra bordeado por árboles gigantescos que se extendían hacia el cielo. Los cuatro amigos y sus dragones se metieron en el camino y observaron a su alrededor. No se oía ni un ruido. Allí no había pájaros, ni conejos ni mariposas ni siquiera insectos. El silencio era tan absoluto que resultaba aterrorizador.

¿Cuál de todos esos árboles sería el roble?

Cale volvió a sacar el libro para mirar el dibujo del roble. Esta vez Rídel no habló. Sus páginas ahora tenían un brillo rojo intenso y las mantenía apretadas con fuerza como si no quisiera ver nada. Parecía muy asustado.

—Ninguno de estos árboles parece un roble. Será mejor que avancemos a ver si lo encontramos —dijo Cale intentando aparentar que no tenía miedo.

Avanzaron lentamente bordeando los charcos de barro que aparecían de vez en cuando.

—No los piséis, seguro que son arenas movedizas —advirtió Arco que avanzaba con decisión con el tirachinas en la mano, listo para defenderse si era necesario.

—Y estos árboles… —balbuceó Casi—. No empezarán a correr detrás de nosotros, ¿verdad?

—Casi, no digas tonterías —dijo Mayo—. Eso solo pasa en los libros de ficción.

Casi se tranquilizó un poco. Mayo tenía razón. Los árboles no se movían en la vida real. Continuó avanzando, sin quitar ojo a las ramas que les rodeaban.

Muy pronto el paisaje empezó a cambiar. Pasaron a una zona del bosque donde apenas había vegetación. Era evidente que alguien había talado muchísimos árboles. Solo quedaban los restos, el principio de sus troncos cortados a hachazos de mala manera. El suelo estaba seco y lleno de virutas de madera. Al fondo se veían unas rocas gigantescas que parecían marcar el fin del Bosque de la Niebla.

—¿Quién habrá hecho esto? —preguntó Mayo.

—El verdugo —contestó Cale al recordar las palabras de Rídel. Un escalofrío le recorrió la espalda. Si el verdugo era capaz de destrozar los árboles de esa manera, ¿qué haría con ellos si los encontraba allí?

En un lado del bosque talado, Cale vio un árbol que se parecía mucho al del dibujo.

—¡Mirad! —dijo señalando—. Creo que ese es el roble.

Tenía un tronco muy grueso y agrietado del que salían unas ramas fuertes repletas de hojas verdes que se extendían hacia los lados. Los chicos y sus dragones se acercaron a verlo.

—Rídel, ¿es aquí? —preguntó Cale sacando el libro una vez más de su saco.

Rídel seguía brillando con una tonalidad roja intensa. A Cale le pareció que estaba temblando y que el latido que antes había sentido ahora iba más rápido. Su voz quebrada rompió el silencio.

Roble Robledo, no tengas cuidado. Estos amigos están de tu lado.

El roble de pronto pareció cobrar vida al oír sus palabras. En su corteza aparecieron unos ojos pequeños rodeados de grietas. Observó a los chicos y a sus dragones con curiosidad. Su mirada era intensa, calmada. El viejo árbol había presenciado las grandes maravillas del bosque y las horribles desgracias que estaban sucediendo en los últimos meses.

Carraspeó y una voz muy profunda salió del centro de su tronco.

—Bienvenidos al Bosque de la Niebla —dijo.

El resto de árboles que les rodeaban, al ver que el viejo roble Robledo confiaba en los chicos, abrieron sus ojos y empezaron a murmurar algo entre ellos. El bosque se llenó de susurros que los chicos no podían entender.

Los cuatro amigos se quedaron sin habla. ¡Los árboles parlantes existían de verdad! ¿Qué otras leyendas de Samaradó que nadie pensaba que eran ciertas resultarían ser reales?

Mondragó se acercó a un abeto joven y parlanchín y lo olisqueó.

—¡Oye, que me haces cosquillas! —protestó el abeto. Mondragó se llevó un buen susto cuando le habló. Pegó un salto y empezó a dar vueltas asustado, con el mondramóvil detrás.

—¡Eh, para! —gritó Cale medio mareado.

Los otros árboles se empezaron a reír.

—¡Silencio! —exclamó el roble Robledo—. ¿Es que acaso queréis que vuelva el verdugo? ¡No es tiempo de juegos! Nuestros amigos han venido a ayudarnos y debemos darnos prisa.

Los árboles se quedaron una vez más en silencio.

—Siento no poder recibiros mejor —se disculpó el roble Robledo—, pero la situación es muy peligrosa. Este lugar ya no es como antes. Atrás quedaron los días en los que los pájaros hacían sus nidos en nuestras ramas, las ardillas recolectaban nuestros frutos y las ciervas venían a tener sus cervatillos, abrigados por un lecho de hojas secas. Antes vivíamos todos en armonía. Cada uno teníamos nuestro lugar y nuestra misión en esta tierra. Pero ahora todo ha cambiado. Todos los animales han huido, menos las serpientes. Nuestros días están contados. Esperamos aquí, sin poder movernos, a que el verdugo venga a clavarnos su hacha y eliminarnos. Todos corremos un gran peligro. Vosotros también. Y debéis salir de aquí cuanto antes.

Cale, Chico, Mayo y Arco escuchaban angustiados al viejo roble Robledo sin decir ni una palabra. En su voz se reflejaba el dolor, la resignación y la angustia. Un verdadero monstruo estaba acabando con su bosque y los árboles no podían hacer nada para evitarlo.

—¿Pero quién está haciendo esto? —preguntó Cale—. ¿Y por qué?

—Un ser egoísta, un ser malvado —dijo el viejo roble Robledo—. Un ser que quie-

re el poder y la sabiduría y no descansará hasta que haya podido con todos nosotros. Vosotros tenéis que ayudarnos. Tenéis que impedir que desaparezcamos para siempre.

—¿Nosotros? ¿Cómo? —preguntó Casi.

—Tenéis que conseguir que vuelvan a crecer los árboles parlantes —explicó el roble Robledo—. Muchos humanos han venido al bosque en busca de la semilla que da fruto a los árboles parlantes, pero fracasaron. Solo el Bosque tiene ese secreto en su poder y solo será revelado a aquellos que sean capaces de cumplir la misión y prometan proteger el secreto para siempre.

—Yo haré lo que haga falta para que el bosque vuelva a ser como era —dijo Cale poniendo la mano en el corazón—. Te prometo que guardaré el secreto y os protegeré.

—Yo también —añadió Mayo.

—Y yo —dijo Cale.

—Prometidísimo —se unió Arco.

—Muy bien —dijo el roble Robledo—. Confiamos en vosotros. Esta es vuestra misión: para que crezcan los árboles parlantes no hace falta una semilla, sino seis. Seis semillas de seis árboles únicos y formidables. Debéis ir a buscarlas y regresar con ellas una noche de plenilunio para plantarlas todas juntas en el lugar exacto donde la luna refleja su primera luz. De las seis semillas brotará un pequeño árbol parlante que dará lugar a muchos más, y así, de brote en brote, conseguiremos repoblar el bosque.

—Eso está tirado —dijo Arco—. Semillas a mí…

—Me alegra oír eso, pequeño humano, pero...

De pronto, se oyó un estruendo en el bosque. Todos miraron hacia las gigantescas rocas del fondo, el lugar de dónde provenía el ruido, y les pareció que una de ellas empezaba a moverse lentamente.

CAPÍTULO 6

¡Que viene!

—¡*Que viene! ¡Que viene! ¡Que viene!* —empezaron a gritar todos los árboles a la vez.

—¡EL VERDUGO!

—Rápido, salid de aquí —exclamó el viejo roble Robledo—. ¡Corred!

—Pero… ¿dónde podemos encontrar las semillas? —preguntó Cale aturdido.

—No hay tiempo para más explicaciones —dijo el roble Robledo—. Rídel os ayudará. ¡Rápido! ¡Salvad vuestras vidas!

Casi, Mayo y Arco se montaron en sus dragones, les clavaron los talones en los costados y alzaron el vuelo. Cale se subió al mondramóvil, pero Mondragó estaba muy ocupado olisqueando los abetos y no quería moverse.

—¡Vamos, Mondragó! —ordenó—. ¡Salgamos de aquí!

Mondragó lo ignoró. Cale vio horrorizado cómo la inmensa roca seguía desplazándose lentamente. De repente vio que por detrás se asomaba la cabeza de un dragón inmenso. El dragón rugió y lanzó una llamarada al aire. ¡Si miraba hacia donde estaban les descubriría!

Los árboles seguían gritando, rogándoles que escaparan y volvieran otro día a ayudarlos.

—¡CORRE, MONDRAGÓ! —gritó Cale agitando las riendas con fuerza, pero era inútil. Mondragó no le hacía ni caso.

El dragón gigante miró en su dirección. ¡Les había visto! La diabólica fiera puso su inmenso cuerpo encima de la roca, movió las alas y empezó a rugir con fuerza.

—¡NO! —gritó Cale—. ¡Vamos, Mondragó!

Arco oyó el grito de Cale y miró hacia atrás. Al ver lo que pasaba, hizo girar a su dragón en el aire y salió disparado hacia ellos. Después sobrevoló cerca, le quitó las riendas de la mano a Cale y le ordenó a Flecha:

—¡Vuela!

—¡QUE VIENE! ¡QUE VIENE! ¡QUE VIENE! —seguían gritando los árboles desesperados.

Mondragó notó el tirón de las riendas y vio que Flecha le pasaba por delante. ¿Era un juego? ¡Tenía que atraparlo! Por fin reaccionó y salió a toda velocidad detrás de Flecha, mientras Chico y Bruma seguían abriéndose paso entre las ramas de los árboles y las enredaderas.

El mondramóvil empezó a dar saltos con las piedras del camino y a meterse en los charcos, empapando a Cale que se agarraba desesperadamente a la estructura de madera para no caerse.

Cale volvió a mirar hacia atrás. ¡El dragón rugía y movía furiosamente las alas en el aire, pero no conseguía moverse de su sitio!

«Qué raro», pensó Cale. En ese momento se dio cuenta de lo que estaba pasando. ¡Tenía las patas atadas con unas cadenas de hierro! Al lado del dragón a Cale le pareció distinguir una figura humana que estaba de espaldas. Una capucha le cubría la cabeza y en su mano llevaba un látigo de siete puntas con el que azotaba a su dragón para que dejara de moverse. Afortunadamente estaba tan ocupado castigando a su fiera que no parecía haber visto a los chicos. ¿Sería el verdugo? ¡No tenía tiempo para averiguarlo! ¡Tenían que salir de ahí antes de que los descubriera!

—¡Más rápido! —le ordenó Cale a Mondragó mientras los árboles seguían gritando y armando un gran escándalo.

Ya solo quedaban unos cuantos metros para llegar a la salida del bosque. A lo lejos se veía el agujero que Mondragó había hecho en las enredaderas unos minutos antes.

¡Estaban a punto de conseguirlo!

Los tres dragones voladores bajaron en picado y se metieron uno detrás del otro por el agujero que les sacaría del Bosque de la Niebla. Mondragó los siguió a toda velocidad.

Antes de salir, Cale echó un último vistazo hacia atrás. Ya no había ni rastro de la figura encapuchada ni de su dragón. ¿Dónde se habrían metido? Justo en ese momento escuchó un ruido rítmico de golpes y los alaridos de los árboles.

TOC TOC TOC

¡Auuuuuhhhh...!

Sabía lo que era. ¡El hacha! El encapuchado debió de pensar que todo el estruendo venía de los árboles y les estaba haciendo pagar por ello.

«No pienso permitir que siga haciendo esto», prometió Cale para sus adentros.

Consiguieron salir al otro lado del camino y alejarse hasta donde la neblina era menos espesa y el sol conseguía colarse entre las nubes. Los tres dragones voladores tomaron tierra y se acercaron a Mondragó. Cale, Mayo, Casi y Arco avanzaban por el camino sin hablar, intentando recuperarse del susto que habían pasado mientras les daban palmaditas a sus dragones agradeciéndoles el haberles sacado de allí. De pronto, Mayo se paró en seco, señaló hacia delante y gritó:

—¡Oh, no!

Alguien les esperaba en medio del sendero, agitando una cadena de la que colgaba una bola con pinchos y respaldado por su diabólico dragón que echaba fuego por la nariz.

¡Murda!

CAPÍTULO 7

Murda

Murda era el chico más perverso y cruel de todo el pueblo y, como era además el hijo del alcalde Wickenburg, siempre hacía lo que quería y nadie se atrevía a decirle nada. Llevaba una capa de arpillera atada al cuello, un cincho del que colgaban cadenas y un cuchillo afilado y unos escarpines negros con espuelas brillantes.

—Vaya, vaya, vaya… —dijo Murda sin parar de mover la cadena—. Mira a quién tenemos aquí. Si es la pandilla de los dragones bobos que se dedica a meter las narices donde nadie les llama.

Los cuatro amigos se quedaron inmóviles. Estaban atrapados. Si volvían al bosque tendrían que enfrentarse al verdugo y si seguían hacia delante tenían que vérselas con Murda.

—Murda, ¿qué quieres? Nosotros... —empezó a decir Cale.

—¡Cállate! —gritó Murda. Se acercó al mondramóvil con su dragón pegado a los talones y bufando furiosamente—. Qué carro más ridículo e inútil —dijo Murda pasando la mano por las maderas—. Me pregunto-

qué pasaría si le diera un pequeño toque...
¡AQUÍ!

Murda pegó con todas sus fuerzas a una de las ruedas con la bola de pinchos. La rueda se tambaleó y se salió de su sitio, haciendo que Cale se cayera del mondramóvil.

—¡JAJAJA! Creo que queda mucho mejor así. Si le quitamos la otra rueda podrás usarlo de barco para flotar en un foso —se burló Murda.

Arco al ver lo que había hecho se puso furioso e intentó defender a su amigo.

—¡Déjalo en paz! —gritó apuntando a Murda con su tirachinas.

Pero en unos segundos, Bronco, el dragón de Murda, se plantó delante de Arco, lanzó una llamarada por su nariz y el tirachinas acabó convertido en cenizas.

—¿Alguien más tiene algo que decir? —preguntó Murda moviendo la bola de pinchos por encima de su cabeza.

Nadie se movió ni dijo nada.

Cale, Mayo, Casi y Arco lo miraban aterrorizados. Murda era capaz de cualquier cosa y no les había perdonado su último encuentro cuando lo dejaron en el foso del castillo de su padre. Esta vez iba a torturarlos a su gusto.

—Muy bien, así me gusta —dijo—. Porque a partir de ahora el único que va a hacer preguntas soy yo y vosotros vais a contestar. Vamos a ver… —Se acercó por detrás a Mayo y la agarró del pelo con fuerza.

—¡Ay! ¡Suéltame! ¡Me haces daño! —gritó Mayo.

—Dime mayonesa, ¿qué se os ha perdido en el Bosque de la Niebla? ¿Es que no sabéis que todos los habitantes de Samaradó tienen prohibida la entrada? —preguntó acercando su boca a la oreja de Mayo.

—Yo… nosotros… íbamos a… —balbuceó Mayo.

—¡Mayo! —gritó Cale—. ¡No le digas nada! Si es tan valiente, que entre ahí y lo vea él mismo.

—¿Ah sí? ¿Con que esas tenemos? —dijo Murda y tiró más fuerte todavía del pelo de Mayo.

A la pobre Mayo se le saltaban las lágrimas de los ojos. No iba a poder aguantar mucho más. Estaba a punto de confesar cuando una sombra cubrió a los chicos. Miraron hacia arriba y vieron un gigantesco dragón de dos cabezas que volaba por encima de ellos.

El jinete azotó su látigo en el aire.

El dragón empezó a descender y los chicos consiguieron ver a la persona que lo montaba.

Era Antón, el dragonero de Samaradó, un hombre fuerte y corpulento, con una barba color ceniza que le llegaba hasta la mitad del pecho. Su trabajo era curar a los dragones enfermos y asignar los nuevos dragones a sus dueños cuando cumplían once años. Vivía en la dragonería y todos los habitantes de Samaradó lo respetaban, ¡incluso Murda y su padre!

Si Antón daba una orden, la gente obedecía inmediatamente, sobre todo si tenía algo que ver con dragones. Nadie sabía más que él. Conocía a todos los dragones del pueblo a la perfección: sus nombres, sus características, sus manías y gustos, sus enfermedades. Era un verdadero experto.

El dragón bicéfalo de Antón tomó tierra en el camino levantando una gran polvareda. Antón desmontó de su inmenso animal, se ajustó con una mano el cincho del que colgaban un anillo de hierro con llaves y una cuerda y avanzó hacia los chicos arrastrando el látigo por el suelo.

Murda nada más ver al dragonero le soltó el pelo a Mayo y se escondió detrás de su dragón, Bronco.

Antón le clavó la mirada a Murda y se acercó a él con cara de muy pocos amigos.

—¡Murda Wickenburg! —exclamó—. ¿Se puede saber qué llevas en los escarpines?

Murda se miró a los pies y empezó a moverlos nerviosamente.

—Yo... esto... —contestó.

—¡ESPUELAS! —dijo Antón furioso—. ¡Eso es lo que llevas! ¡ESPUELAS! ¡Sabes PER-FEC-TA-MEN-TE que a nadie, absolutamente a NA-DI-E le está permitido usar espuelas en el pueblo de Samaradó! ¿Quién te has creído que eres para saltarte las normas? ¿Eh?

Murda se agachaba y cada vez se hacía más pequeño detrás de Bronco. Sí, sabía que estaban prohibidas, pero él estaba acostumbrado a saltarse todas las normas y que nadie le dijera nada. El único que se podía atrever a enfrentarse a Murda era Antón.

—Es que… mi padre… —balbuceó.

—¡Ni tu padre ni el Rey del Universo! No toleraré que en este pueblo nadie se salte las normas de esta manera y menos cuando afectan a la salud de MIS dragones.

Antón se acercó a Bronco y le examinó las heridas que le había hecho Murda en los costados con las espuelas. Le sangraban y le dolían.

—¡Esto es absolutamente inaceptable, Murda! ¡Ahora mismo vienes conmigo a la dragonería! Primero curaré a Bronco y después ya veré lo que hago contigo, pero te aseguro que no voy a dejar que te salgas con la tuya. Prepárate para pasar unas cuantas horas limpiando dragoneras. ¡Móntate en tu dragón inmediatamente!

Antón se desató la cuerda que llevaba en el cincho y la ató al cuello de Bronco.

—Sí, sí, claro —dijo Murda, obedeciendo sin rechistar.

—¡Qué bien, Murda, cómo te lo vas a pasar! —se burló Arco—. Con lo que te gustan a ti las cacas de dragón… JAJAJA.

Murda le lanzó una mirada asesina a Arco y se pasó la mano por delante del cuello como si le amenazara con acabar con él.

Antón ignoró el gesto del chico. Ató la cuerda que le había puesto a Bronco a una argolla de la montura que llevaba su propio dragón y se dirigió hacia el Mondramóvil.

—Hmmm… —dijo frotándose la barba—. Interesante concepto…

Se agachó y cogió la rueda que estaba en el suelo después del golpe que le había dado Murda. Se acercó a la estructura de madera, la levantó en el aire con gran facilidad y en-

cajó la rueda en su sitio. Después se acercó al lomo de Mondragó. Le examinó minuciosamente sus pequeñas alas y pasó la mano por las cinchas que llevaba atadas en la espalda para comprobar que no le hacían daño.

—No está nada mal —dijo. Después se acercó a Casi y le pegó una buena palmada en la espalda. Del golpe el pobre chico casi se cae al suelo—. Buen trabajo, Pablo.

Pablo era el nombre real de Casi, pero solo los mayores lo llamaban así. Casi tosió por el impacto de la palmada que le acababan de propinar, se reincorporó y sonrió orgulloso.

—Ahora que está arreglado este curioso vehículo, tenéis que iros de aquí. Este no es un lugar para niños. El Bosque de la Niebla encierra demasiados peligros y sabéis que tenéis prohibida la entrada. Así, que marchando, ya mismo.

—Sí, señor —dijeron al unísono Cale, Mayo, Arco y Casi.

Antón se quedó esperando con los brazos cruzados a que los chicos se pusieran en movimiento.

Arco, Casi y Mayo se subieron a sus dragones y alzaron el vuelo, mientras que Cale se subía al mondramóvil y los seguía por tierra. Una vez que comprobó que se iban, Antón se subió a su inmenso dragón, azotó el látigo en el aire para que despegara y le ordenó a Murda que lo siguiera.

CAPÍTULO 8

Ese árbol
tan alto

Los cuatro amigos ya se habían alejado bastante del Bosque de la Niebla. Cale miró hacia el cielo y muy a lo lejos consiguió distinguir dos puntos entre las nubes. Eran Antón y Murda que debían de estar llegando a la dragonería.

Cale llamó a sus amigos para que aterrizaran. Tenían que pensar un plan. Debían comenzar cuanto antes la misión que les había encomendado el roble.

—Vamos al río y hablamos —dijo.

Uno a uno, sus amigos descendieron en la ribera del río y desmontaron de sus dragones. Después les dieron unos golpecitos en el

lomo para que fueran a beber agua. Los tres dragones se acercaron a la orilla y metieron la cabeza en el río.

Cale soltó el arnés de Mondragó y también le dio una palmadita para que se reuniera con los otros. Mondragó en cuanto se vio liberado de las cinchas, salió corriendo a toda velocidad ¡y se lanzó al agua salpicándoles a todos!

¡PLAS...!

Cale se fue con sus amigos que estaban sentados bajo la sombra de unos pinos y se rió al ver cómo su dragón chapoteaba en el agua y empapaba a los demás.

—Nunca había visto a un dragón al que le gustara tanto el agua —dijo Mayo—. No es nada frecuente.

—Mondragó no es un dragón nada frecuente —dijo Cale sin parar de reír al ver que Mondragó ahora empujaba a Flecha para que se metiera en el río con él.

—¿Qué vamos a hacer ahora? —preguntó Mayo—. Murda no nos va a dejar en paz nunca después de lo de hoy y le hemos prometido al roble Robledo que lo ayudaríamos. ¡Esto se está poniendo cada vez peor!

—De momento deberíamos comer algo. No se puede pensar con el estómago vacío —dijo Casi que había estado recogiendo pi-

ñas desperdigadas por el suelo. Le dio una a cada uno de sus amigos y se sentó en el suelo. Buscaron entre las escamas del fruto los pequeños piñones y los fueron sacando uno a uno. Después los ponían encima de una roca y con una piedra pequeña daban un golpe en la cáscara para romperla y sacar el rico piñón que tenía dentro.

—Menos mal que apareció de repente Antón y nos quitó a Murda de encima —dijo Arco—. Aunque a mí no me asusta el matón ese, yo estaba a punto de defenderme —añadió para que sus amigos no pensaran que era un cobarde.

—Sí, fue una verdadera casualidad —comentó Cale.

Cale se quedó pensando. «¿No ha sido demasiada casualidad que Antón estuviera allí? ¿Tendrá él algo que ver con el verdugo? ¿Cómo es que Antón no oía los gemidos de los árboles ni entró en el bosque para ver lo que estaba pasando?».

«No», pensó Cale. «No puedo pensar así. Antón jamás destrozaría los árboles. Él siempre está dispuesto a ayudar y no sería capaz de hacer algo así».

Cale prefirió no compartir sus pensamientos con sus amigos. Seguro que si lo hacía, pensarían que estaba loco. Todo el mundo sabía que Antón era una buena persona.

—Sigo pensando que deberíamos hablar con nuestros padres. —La voz de Mayo interrumpió los pensamientos de Cale—. La situación es muy peligrosa. Hay un monstruo suelto que está destrozando el Bosque de la Niebla y nosotros solo somos cuatro niños, no podemos hacer gran cosa.

—¡Mayo! —protestó Cale—. ¡Le prometimos al roble Robledo que lo ayudaríamos y que no le diríamos nada a nadie! ¿Es que vas a romper tu promesa? Yo, desde luego, no. Si el viejo Robledo nos confió esa misión es porque piensa que podemos realizarla.

—Sí, pero… —intentó protestar Mayo.

—Nada de peros —dijo Arco—. Yo estoy de acuerdo con Cale. ¿Y tú, Casi?

Casi seguía comiendo sin parar. Estaba muerto de hambre. Se metió un piñón más en la boca y después de meditar, respondió:

—Creo que antes de tomar una decisión deberíamos ver qué nos dice Rídel. El roble Robledo dijo que nos ayudaría.

Cale abrió su bolsa y sacó el libro que, como siempre, estaba muy caliente. Las letras brillaban y la tapa de cuero se abrió mostrando sus hojas que volvían a despedir un brillo verde. Rídel se aclaró la garganta y empezó a hablar.

**Sube hasta el cielo
y roza las nubes.
La secuoya la esconde
si tú no la subes.
Quedan seis,
no lo olvidéis.**

De pronto en la página apareció un árbol de aspecto magistral. Tenía un tronco inmenso y un agujero muy grande en la base en el que debían de caber varias personas. Su tronco se extendía hacia el cielo y su copa se perdía entre las nubes. En la parte de arriba del tronco salían unas ramas con hojas verdes.

—Oye, ¿por qué Rídel tiene que hablar siempre tan raro? —protestó Arco rascándose la cabeza—. ¿Es que no puede decir las cosas como una persona normal?

Rídel, al oír el comentario de Arco respondió ofendido:

Pequeño humano,
¡qué engreído!
¿Cuántos libros
tú has leído?

—¡Ja ja ja! ¡Arco! ¡Parece que Rídel te ha pillado! —se rió Mayo—. Cuéntale a Rídel cómo repetiste un año en el colegio.

—Eso no tiene ninguna gracia —protestó Arco cruzándose de brazos y dándoles la espalda. Arco era un año mayor que sus amigos. Cuando tenía cinco años le habían hecho repetir el primer curso del colegio porque era incapaz de quedarse sentado más de media hora y en lugar de escribir palotes, se dedicaba a practicar con su tirachinas en clase. Pero ya habían pasado varios años de eso y no hacía falta volver a recordarlo.

—Dejad de discutir y vamos a volver a nuestra misión —interrumpió Cale deseando ponerse en movimiento—. Casi, ¿a ti te suena eso de la secuoya?

—Casi estoy seguro de que la secuoya es ese árbol tan alto que se ve desde casi cualquier lugar del condado —contestó Casi—. Mi padre siempre lo dibuja en los mapas como un punto de referencia. Voy a ver si sale en el mapa que tengo.

Casi se levantó, se acercó a su dragón Chico que llevaba unas alforjas llenas de cosas y empezó a rebuscar.

—Vamos a ver —dijo sacando uno de los mapas que había trazado su padre, el cartógrafo de Samaradó. Lo desenrolló y empezó a estudiarlo—. Efectivamente, aquí está, es este dibujo de un árbol muy alto que se encuentra en... —Miró a sus amigos con cara de preocupación—. ¡La Colina de los Lobos!

—Verdugos, Murda, lobos... lo que nos faltaba —protestó Mayo.

—¡Eso! ¡Justo lo que nos faltaba! ¡Siempre he querido ver un lobo de cerca! —dijo el insensato de Arco.

—No nos queda otro remedio. Tenemos que ir a la Colina de los Lobos a buscar la semilla —añadió Cale intentando sonar decidido, aunque en realidad le daba mucho miedo tener que enfrentarse a los peligrosos lobos que rondaban por aquel lugar.

Sus amigos sabían que tenía razón. Había que intentarlo. Una vez más los chicos se levantaron y se pusieron en camino, con los tres dragones volando y Mondragó siguiéndolos desde el suelo y Cale montado en el mondramóvil. La Colina de los Lobos no estaba muy lejos de allí y desde donde estaban ya podían ver la formidable secuoya que se extendía hacia arriba como si sus ramas quisieran tocar el cielo.

CAPÍTULO 9

La colina de los lobos

Mayo, Casi y Arco tomaron tierra para acompañar a Cale en el último tramo y pensar en un plan de acción. A lo lejos vieron el puente colgante de cuerda que conducía a la Colina de los Lobos. El puente atravesaba un precipicio muy profundo que rodeaba la colina por completo. En el fondo del abismo, corría un río de aguas caudalosas y rocas afiladas. Al acercarse, los chicos se dieron cuenta de que el puente tenía un aspecto muy frágil y se movía con el viento. Sus maderas quebradizas y separadas estaban sujetas por unas cuerdas bastante desgastadas. Era un puente muy rústico y en mal estado que servía para impedir que los lobos salieran de la colina y que la gente se lo pensara dos veces antes de cruzarlo. Por alguna extraña razón, los lobos no se atrevían a pasarlo y eso mantenía a la gente y al ganado de Samaradó a salvo de estos animales hambrientos y peligrosos.

La Colina de los Lobos era sin lugar a dudas un lugar de lo menos atractivo para pasar una tarde de verano. En realidad allí no había mucho que hacer, salvo oír los aullidos y rezar para que la jauría no acabara contigo. En el pueblo se contaban todo tipo de leyendas sobre niños desaparecidos y lobos que habían conseguido salir de su territorio para comerse las ovejas de los pastores. Pero lo cierto es que nunca se había podido demostrar que ninguna de esas leyendas fuera cierta. Aunque lo mismo decían de los árboles parlantes y al final resultó que sí existían.

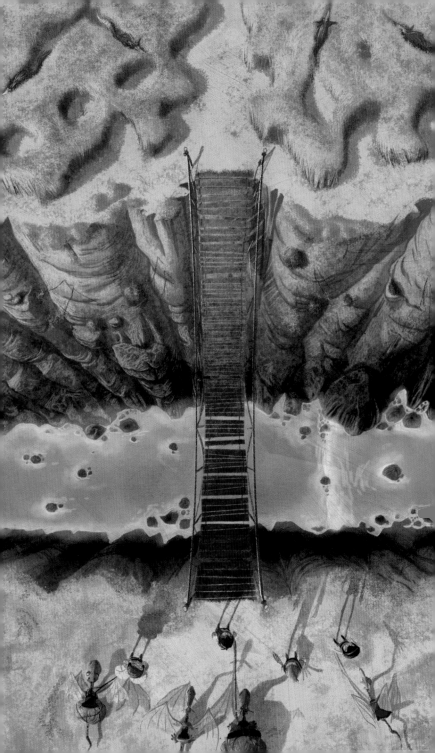

—¿Creéis que los lobos salen durante el día? —preguntó Casi un poco inseguro mirando el puente a lo lejos.

—¡Na… seguro que con este calor están todos dormidos! —contestó Arco.

—Me temo que muy pronto lo averiguaremos —dijo Mayo.

—Arco, toma, quédate tú con mi tirachinas por si acaso —dijo Cale sacando de su saco el tirachinas que le había regalado Arco por su cumpleaños—. Yo soy muy malo y no me serviría de mucho.

Arco se llenó los bolsillos de piedras, agarró el tirachinas y se lo enganchó en su cincho.

Llegaron hasta el borde del puente y lo miraron con reparo.

—El puente es demasiado estrecho. Creo que será mejor que le quitemos el mondramóvil a Mondragó para pasar. Podemos dejarlo aquí y lo cogemos cuando regresemos —sugirió Cale.

Casi ayudó a Cale a quitar las cinchas del dragón y desamarrarlo del vehículo. Mondragó, al verse liberado de la carga, empezó a correr dando círculos. Una vez que se calmó, Cale lo llevó hasta el extremo del puente. Miró hacia abajo. Estaba muy alto y la corriente del río que había por debajo bajaba a toda velocidad entre las rocas escarpadas. ¿Aguantaría el puente el peso de su dragón?

—¿Estás seguro de que quieres pasar por ahí? A lo mejor podíamos ir nosotros y tú te quedas esperando aquí con Mondragó —sugirió Casi.

—No, quiero ir. No pienso dejaros solos —contestó Cale decidido.

Cale puso un pie en la primera tabla de madera y en cuanto lo hizo, el puente se movió peligrosamente, pero resistió. Se agarró a la barandilla de cuerda con una mano mientras que con la otra sujetaba la correa de su dragón.

—Venga, Mondragó, paso a paso y sin hacer tonterías —animó.

Sus amigos lo observaban muy preocupados. Una vez que Cale llegara al otro lado, ellos podrían atravesar el río montados en sus dragones. Pero antes tenía que conseguir cruzarlo.

Cale dio otro paso y después otro más. Las maderas crujían bajo sus pies. Le pegó un pequeño tirón a la correa de Mondragó para que lo siguiera y este puso alegremente sus patas delanteras en las tablas, ignorando los peligros a los que se estaban enfrentando. De pronto, el dragón pegó un saltito y dejó caer su inmenso cuerpo sobre la estructura quebradiza de madera. El puente empezó a tambalearse de lado a lado como un columpio.

—¡Nooooo! —gritó Cale agarrándose como pudo a las cuerdas—. ¡No hagas eso!

Era justo en situaciones como esa en las que a Cale le gustaría tener un dragón normal y no un animal tan inmaduro y con tantas ganas de jugar como Mondragó.

Cale miró hacia abajo y empezó a marearse con el vaivén del puente. Estaban muy altos. Demasiado altos. Si el puente cedía no conseguirían salir con vida. Cerró los ojos y se quedó completamente quieto esperando a que el movimiento cesara. Mondragó tampoco se movió. Parecía haber entendido que no era momento para dar saltos. Cuando por fin el puente pareció recuperar la calma y dejó de mecerse, Cale

volvió a abrir los ojos. Ya habían llegado hasta la mitad del trayecto. ¡Tenían que conseguirlo!

—Vamos, tenemos que seguir, pero por favor, Mondragó, con muchísimo cuidado.

Avanzaron muy lentamente, tanteando las maderas antes de pisarlas y poco a poco consiguieron llegar al otro lado. Una vez que Mondragó puso las cuatro patas en la tierra, Cale se sentó en el suelo para intentar recuperar la respiración y que el corazón le dejara de latir a mil por hora y les hizo una señal a sus amigos para que fueran donde estaba él.

Casi, Arco y Mayo se montaron en sus dragones y cruzaron el río volando. Los chicos se quedaron admirando el inmenso árbol que descansaba en la cima de la colina. Ahora que estaban tan cerca se dieron cuenta de lo enorme que era. ¡Ni siquiera podían ver la copa que se escondía entre unas nubes blancas! Subieron andando por la colina sin dejar de observarlo boquiabiertos.

—¡Mirad, el agujero que tiene en la base del tronco es inmenso! ¡Seguro que cabemos los cuatro! ¡Vamos! —exclamó Arco y salió corriendo colina arriba.

Efectivamente, el tronco tenía un hueco muy grande. Los cuatro chicos se metieron dentro y observaron las paredes internas del tronco en las que había unas hendiduras como si fueran escalones. Miraron hacia arriba.

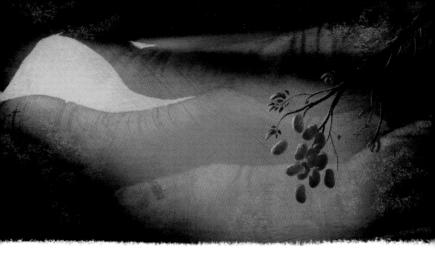

Por un agujero en la parte superior del tronco se colaba la luz del sol.

—¡Mirad! ¡Allí arriba! —dijo Cale señalado con el dedo—. ¡Esas cosas rojas! ¿No parecen semillas?

En la parte de más arriba se veían unos racimos de bolas rojas que brillaban bajo el rayo de luz del sol que entraba por el agujero del tronco.

—Casi estoy seguro de que sí —dijo Casi.

—Voy a subir a comprobarlo. Si lo son, cogeré una y habremos terminado nuestra primera misión —dijo Cale.

Cale metió el pie en una de las hendiduras del tronco y se agarró a otra con la mano. Se impulsó hacia arriba y metió el otro pie en otra hendidura. Así fue subiendo cada vez más alto.

—Te acompaño —dijo Mayo y siguió a su amigo, trepando a su lado por el interior del tronco hueco.

Casi y Arco se quedaron abajo y les iban diciendo dónde podían agarrarse y poner los pies para seguir subiendo.

Mayo y Cale estaban ya a unos tres metros del suelo, cuando de pronto se oyeron unos gruñidos por fuera del árbol.

Grrrrrrrrrrr...

¡Los lobos!

Con la aventura del puente y la emoción de ver las semillas, se habían olvidado completamente de los peligrosos animales que acechaban en la colina. Los gruñidos se hacían cada vez más fuertes y afuera se oían movimientos entre la hierba, como si alguien estuviera corriendo.

—¿Qu-qué ha sido eso? —balbuceó Casi. Se pegó contra el tronco del árbol con las rodillas temblando.

—Voy a echar un vistazo —dijo Arco.

Arco salió del agujero del árbol y se quedó horrorizado ante lo que veía. ¡Diez lobos enormes perseguían a Mondragó por la colina! Gruñían y le enseñaban los dientes mientras que el dragón corría despreocupado, seguramente pensando que era un juego. Uno de los lobos se lanzó a las patas de Mondragó para morderlo, pero el dragón

Grrrrrrrrrrrr...

lo esquivó con facilidad. Mondragó pegó un salto y al caer, aterrizó en el lomo de otro lobo que salió aullando. De pronto otro lobo se enganchó a su cola con los dientes. Mondragó la agitó con fuerza y el animal salió despedido por los aires. De momento parecía que el dragón se estaba defendiendo bien, pero la jauría no pensaba abandonar tan fácilmente. Intentaban rodearlo, con el pelo del lomo erguido y la saliva cayéndoles por la boca.

—¡Son lobos! ¡Están intentando morder a Mondragó! —gritó Arco metiendo la cabeza dentro del tronco para informar a sus amigos. Después volvió a asomarse.

Arco buscó con la mirada a los otros dragones. ¿Dónde se habían metido? Miró hacia arriba y los divisó sobrevolando la zona. Por lo menos los tres habían conseguido alzar el vuelo antes de que los sorprendieran.

—¿Y ahora qué hacemos? —preguntó Casi—. ¿Cómo vamos a salir de aquí?

En cuanto dijo esas palabras, la cabeza de un lobo gris se asomó por el hueco del árbol. Gruñía rabiosamente y los miraba con los ojos inyectados en sangre.

Grrrrrrrrrrr...

Grrrrrrrrrrrrr...

—¡Cuidado! —gritó Cale desde arriba. Ya había subido unos diez metros y le quedaba menos para llegar a las semillas.

Arco y Casi se quedaron inmóviles al ver la cabeza del animal.

—¡Usa el tirachinas, Arco! —le gritó Mayo que seguía cerca de Cale.

Arco sacó el tirachinas de su cincho, procurando no hacer ningún movimiento brusco que asustara al lobo. El lobo le observaba amenazante, listo para lanzarse hacia ellos en cualquier momento. Se acercó un paso más. Arco puso una piedra en la tira de cuero, estiró la goma hacia atrás y apuntó al morro del lobo.

—Si fallas nos va a comer vivos —murmuró Casi.

—Yo nunca fallo —presumió Arco.

El lobo dio otro paso hacia ellos muy lentamente. Sus gruñidos ahora retumbaban en el interior del tronco del árbol. Arco y Casi se pegaron más contra el tronco. Arco cerró un ojo, apuntó y soltó la tira de cuero del tirachinas.

¡FLOOOOOOOOOP!

¡La piedra le dio al lobo entre los ojos! El animal gimió del dolor y salió del tronco huyendo.

—¡Salgamos de aquí! —le dijo Arco a su amigo—. ¡Casi, llama a tu dragón!

Casi tenía tanto miedo que apenas podía mover las piernas. Pero al ver que su amigo lo dejaba atrás, consiguió reaccionar. Salió del tronco corriendo y, sin darse cuenta, su pie se enganchó en una de las raíces del árbol haciéndole caer de narices al suelo.

—¡Levántate! —gritó Arco tirando de su camisa. Arco miró hacia el cielo y empezó a llamar desesperadamente a sus dragones para que fueran a buscarlos.

Miró a Mondragó que seguía corriendo por la colina. Los lobos le rugían con rabia pero Mondragó seguía pensando que era un juego y saltaba de un lado a otro alegremente. De momento no le habían hecho daño, pero los lobos seguirían persiguiéndolo hasta dejarlo agotado. No pensaban permitir que se escapara su presa.

—¡Flecha, Chico, aquí! —gritó Arco asustado mientras volvía a cargar su tirachinas con otra piedra. Los dragones se dieron cuenta de que sus dueños estaban en peligro y bajaron en picado para recogerlos. Flecha voló a ras del suelo y sin darle tiempo a ate-

rrizar, Arco corrió hacia él y se subió a su montura—. ¡Sube, rápido!

Casi no era tan ágil y su dragón iba cargado con tantas cosas que su vuelo era más lento y torpe. El lobo que les había atacado se había recuperado del golpe y volvía a acercarse sigilosamente. La herida que le había hecho la piedra le sangraba, dándole un aspecto más terrorífico.

Chico consiguió bajar a la tierra y Casi se subió encima agarrándose a las cinchas. Mientras Chico se impulsaba y movía las alas para volver a alzar el vuelo, el lobo se lanzó al pie de Casi con la boca abierta ¡y le mordió el zapato!

—¡Ay! ¡Suéltame! —exclamó Casi.

Casi agitó el pie para intentar desprenderse del rabioso animal mientras que Chico intentaba volar hacia arriba. El lobo apretaba con fuerza los dientes y movía la cabeza de lado a lado como si quisiera desgarrarle el pie. Casi se agarraba desesperado a la silla de su dragón para no caerse. Después de mucho forcejear logró liberar el pie y que el lobo se quedara con su zapato en la boca. Chico por fin consiguió alejarse volando.

—¡Ese animal casi me arranca un pie! —exclamó Casi ya desde el aire con su pie desnudo.

—Casi… —contestó Arco.

Mientras tanto, dentro del tronco, Cale y Mayo seguían trepando por las paredes para llegar a la semilla roja. Ahora debían de estar a unos veinte metros del suelo. Un poco más y sería suya. Cale estiró el brazo y tocó el racimo de semillas con la punta de los dedos. Subió un poco más para poder agarrar una. Volvió a estirar la mano y con mucho cuidado, rodeó una de las semillas con sus dedos y tiró de ella. Para su sorpresa se desprendió con gran facilidad.

—¡La tengo! —exclamó mirando a Mayo que sonreía orgullosa. Cale observó la semilla. Tenía un color rojo intenso y brillaba. La metió en el saco que llevaba colgando en la espalda y comenzó el descenso.

—¿Qué vamos a hacer ahora? Los lobos nos estarán esperando ahí abajo —dijo Mayo mirando hacia el suelo.

—De momento vamos a bajar —respondió Cale que no estaba muy seguro de cómo iban a salir de esta.

El descenso les resultó más difícil que la subida ya que no estaban sus amigos para indicarles dónde debían poner los pies, pero metro a metro, consiguieron bajar hasta el suelo.

Ambos se asomaron con mucho temor por el hueco del árbol. Lo que vieron no les sirvió de mucho consuelo. Ahora había

muchos más lobos. Unos veinte en total. Habían arrinconado a Mondragó hasta el puente colgante. Lo rodeaban sin dejar de gruñir, acercándose cada vez más. El dragón parecía estar agotado de tantas carreras. Apenas se movía. En cualquier momento se lanzarían hacia él y no podría hacer nada.

—¡Cruza el puente, Mondragó! ¡El puente! —gritó Cale. Pero su dragón no le podía oír entre los rugidos de las fieras. Y, aunque le hubiera oído, seguramente no le habría entendido.

—¡Mira! ¡Ahí hay más lobos! —dijo Mayo señalando a la derecha del árbol.

Cale miró y vio al lobo con la frente ensangrentada que había herido Arco. Mordía rabiosamente el zapato de Casi y se peleaba con otro lobo que se lo quería quitar.

—Tenemos que salir de aquí cuanto antes —susurró Cale.

Mayo se metió el dedo índice y pulgar en la boca y dio un silbido muy alto para llamar a su dragona Bruma. La valiente dragona que seguía volando por los aires, obedeció inmediatamente y fue al rescate de su dueña.

El silbido de Mayo también llamó la atención de los dos lobos que luchaban por el zapato. Levantaron las orejas, miraron a los dos chicos que seguían de pie cerca del árbol y se dirigieron hacia ellos con la cabeza agachada y enseñando los dientes.

Mayo miró a su dragona. Estaba cerca, pero los lobos llegarían antes a ellos. Cale se quedó inmóvil. No tenía con qué protegerse. ¡Estaban perdidos!

Los lobos cada vez estaban más cerca. De pronto se oyó un:

¡FLOOOOOOOOOP!

Una piedra salió disparada del tirachinas de Arco que sobrevolaba la escena encima de su dragón. Le dio al lobo herido en el lomo y este se giró dando un aullido. Arco se preparó de nuevo y lanzó otra piedra.

¡FLOOOOOOOOOP!

Esta le dio de lleno en la pata al otro lobo. El lobo gimió y se tumbó en el suelo para lamerse la pata.

Aprovechando el momento de distracción, Bruma bajó hasta su dueña y Mayo consiguió subirse a su dragona.

¡Ya solo quedaba Cale!

¿Cómo iba a salir de ahí?

Le hubiera gustado subirse al dragón de Mayo, pero sabía que para proteger a los dragones, las normas prohibían que dos niños se subieran en un mismo dragón. Mayo jamás se saltaría esa norma.

Como si le hubiera leído los pensamientos, Arco dio una vuelta en el aire y se dirigió hacia donde estaba Mayo volando con su dragona.

—Mayo, vamos a coger a Cale entre los dos —gritó—. Tú lo enganchas por una mano y yo por la otra. Entre los dos lo levantamos y lo sacamos de aquí.

—¿Crees que funcionará? —preguntó Mayo.

—¡Solo hay una manera de averiguarlo! ¡Vamos! —gritó Arco.

Mayo movió las riendas de su dragona para que se pusiera al lado del dragón de Arco. Después, los dos bajaron rápidamente y se pusieron uno a cada lado de Cale. Cale levantó los brazos y sus amigos lo cogieron de las manos y tiraron de él. En cuanto hicieron contacto, los dragones descendieron con el peso del chico.

Cale oyó otro gruñido. Miró hacia atrás. ¡El lobo herido se había recuperado y ahora salía corriendo hacia él! Si no conseguían levantarlo, le mordería seguro.

—¡Vamos, Flecha, mueve las alas! —exclamó Arco clavándole los talones a su dragón.

—¡Sube, Bruma, sube! —dijo Mayo.

El lobo saltó con la boca abierta hacia Cale, pero en el último segundo, los dos dragones movieron las alas con todas sus fuerzas y consiguieron alejar a Cale por los aires.

CLAC

Se oyó la boca del lobo que se cerraba en el aire.

—¡Funcionó! —exclamó Mayo procurando mantener a su dragona cerca del dragón de Arco para no perder a Cale.

Entre Mayo y Arco llevaron a Cale por los aires hacia el otro lado del puente. Cale iba colgando y se agarraba con fuerza a las manos de sus amigos. Sonrió aliviado mientras miraba hacia abajo. Pero la alegría le duró muy poco. Mondragó seguía con problemas. Los lobos rabiosos todavía le tenían rodeado, deseando hincarle el diente.

—¡Al puente, Mondragó! —le gritó Cale desde el cielo.

Esta vez Mondragó sí oyó a su dueño. Miró hacia arriba y lo vio. ¿Qué hacía allí? ¿Y por qué no lo esperaba? Empezó a mover nerviosamente sus pequeñas alas sin saber muy bien qué hacer.

—¡Cruza el puente, Mondragó! ¡Ahora! —insistió Cale.

En ese momento Cale vio que Casi acababa de aterrizar con su dragón al otro lado del río.

—¡Casi! —gritó Cale—. ¡Ayuda a Mondragó! ¡Ayúdalo a cruzar el puente!

Casi miró hacia arriba y se quedó sorprendido al ver cómo su amigo iba colgando entre Flecha y Bruma. Se bajó de su dragón rápidamente y se acercó al puente. Miró hacia el precipicio y le dio un vértigo tan horrible que tuvo que sentarse en el suelo para no caerse. ¡Él jamás sería capaz de cruzarlo! ¡Le daba demasiado miedo!

Cale lo observó desde arriba y al ver lo que estaba pasando se le ocurrió una idea.

—¡Ofrécele a Mondragó algo de comer!

—¡Buena idea! —dijo Casi aliviado de no tener que subirse al puente estrecho y quebradizo.

Fue corriendo hasta su dragón, rebuscó entre las alforjas y sacó un saco de comida para dragones. Después volvió al puente a toda velocidad y empezó a llamar a Mondragó agitando el saco.

—Mondragó, mira lo que tengo para ti, ven aquí, muchacho —dijo.

Mondragó forcejeaba con un lobo que se había enganchado con los dientes a la punta de su cola.

Al oír a Casi, miró hacia él. El chico agitaba la bolsa y lo llamaba sin parar. Mondragó olisqueó el aire. ¿Sería comida? ¡Sí! Estaba casi convencido de haber olido comida. A pesar de estar agotado, pegó un gran coletazo y consiguió deshacerse del lobo que tenía en

la cola. Después se subió al puente colgante y empezó a cruzarlo. Los lobos se acercaron, pero ninguno se atrevió a seguirlo. Miraban furiosos cómo se les escapaba su presa.

El puente se tambaleó peligrosamente con el peso del dragón, pero a Mondragó no parecía importarle. Estaba demasiado concentrado en el saco de comida que lo esperaba al otro lado.

—Muy bien, sigue, no te detengas —lo animó Casi.

Un paso, después otro, una carrera en el tramo final y Mondragó consiguió llegar al otro lado y abalanzarse al saco de comida, tirando a Casi al suelo. El saco salió volando y la comida se desparramó por la hierba. Mondragó se lanzó detrás y en unos minutos, todo el pienso de dragones había desaparecido. Mondragó soltó un gas con una gran llamarada.

—¡Salud! —se rió Casi que seguía en el suelo.

Mayo y Arco consiguieron pasar a Cale al otro lado del río y cuando sus dragones estaban cerca del suelo, le soltaron las manos y dejaron que Cale cayera a la tierra. El chico no perdió ni un segundo. Se puso de pie, salió corriendo hasta su dragón y lo abrazó con fuerza.

—¡Mondragó! —dijo—. ¡Lo conseguimos!

Al otro lado del río, los lobos seguían mirándoles con cara de pocos amigos, pero poco a poco se dieron cuenta de que no tenían nada que hacer y se fueron desperdigando por la colina.

Mayo, Arco y Casi se acercaron donde estaba Cale y todos se unieron en su abrazo a Mondragó. Habían conseguido salir con vida. ¡Habían conseguido terminar su primera misión!

—Será mejor que nos alejemos de aquí —dijo Mayo una vez que comprobaron que Mondragó apenas tenía unos rasguños en la cola.

Cale y Casi volvieron a atar a Mondragó al mondramóvil mientras que Arco se volvía a subir a Flecha, Mayo a Bruma y Casi, que seguía con su pie descalzo, se subió a Chico.

Los cuatro amigos se alejaron andando por el camino de tierra.

Cuando llegaron a una zona de campos de cultivo, se sentaron a la sombra de un árbol. Estaban agotados. Cale sacó de las alforjas de su dragón unos odres con agua y todos bebieron agradecidos.

—¿Conseguisteis coger la semilla? —preguntó Arco secándose el agua que le caía por la barbilla con la manga de la camisa.

Cale abrió el saco que seguía teniendo colgado a la espalda. Esperaba que no se le hubiera caído la semilla durante el vuelo. Miró dentro del saco y comprobó que ahí seguía la semilla roja junto con Rídel.

—¡Tachán! —dijo Cale sacándola del saco y mostrándosela a sus amigos.

La semilla brillaba intensamente.

—¡Qué chula! —exclamó Casi.

—Ya solo nos quedan cinco —dijo Arco.

—Por qué no se la enseñas a Rídel a ver qué dice —sugirió Mayo.

—Buena idea —contestó Cale.

Cale volvió a meter la mano en la bolsa y sacó el misterioso libro parlante. Las letras con su nombre brillaban tanto como la semilla roja. Abrió la tapa y pronto se oyó su voz. Esta vez sonaba muy contento y orgulloso.

**Buen trabajo, amigos,
lo habéis conseguido.
Guardad la semilla
en un lugar escondido.**

Nada más pronunciar sus palabras, en una página del libro apareció la imagen de la semilla roja al lado de la imagen que antes había aparecido de la secuoya.

Ya tenían la primera semilla.

Pero todavía les quedaba por recuperar cinco más.

—¿Y ahora qué hacemos? —preguntó Arco.

—Desde luego, yo ahora pienso irme a mi castillo a ponerme otros zapatos, cenar y descansar —respondió Casi—. Mañana será otro día.

—Casi tiene razón —dijo Cale—. Hoy ya hemos hecho bastante y estamos todos agotados. Pero antes tenemos que buscar un lugar seguro para guardar las semillas. ¿Alguna sugerencia?

—¿Por qué no vamos a la dragonería y se la damos a Antón para que nos la guarde?

Cale recordó en lo que había pensado al ver a Antón cuando salieron del Bosque de la Niebla. Le había parecido que era demasiada coincidencia que estuviera allí. Quería quitarse esa idea de la cabeza, puesto que Antón era de las personas más respetadas de Samaradó, pero algo le decía que de momento sería mejor no contarle nada. Por si acaso.

—No, acuérdate de que Murda todavía debe de estar ahí castigado limpiando las dragoneras y lo último que me gustaría ahora es encontrármelo otra vez —dijo Cale para no revelar sus sospechas—. Mejor me la llevo a mi casa y la escondo en uno de los libros secretos que tiene mi padre en su biblioteca. Están huecos y nadie jamás las encontraría allí.

—A mí me parece muy buena idea —dijo Casi.

—De acuerdo —asintió Mayo.

—Perfecto —añadió Arco.

Una vez que recuperaron fuerzas, los cuatro amigos se dirigieron a sus castillos. Había sido un día muy largo lleno de emociones y aventuras. Afortunadamente todo había salido bien y tenían la primera semilla en su poder. Pero su misión no había terminado. Debían seguir hasta encontrar las otras cinco semillas para que volvieran a brotar los árboles parlantes.

Cale esperaba que el resto de las semillas no resultaran tan difíciles de obtener como la primera. Pero si era así, harían todo lo posible por conseguirlas.

No podían defraudar al viejo roble Robledo ni al Bosque de la Niebla.

Juntos harían que el bosque volviera a llenarse de árboles parlantes.